*La nouvelle*

**Marie-Hélène Delval** est née en 1944 près de Nantes. Son imagination tournée vers la littérature fantastique l'a entraînée à peupler ses histoires d'ogres et de sorcières, mais aussi de petits enfants qui ressemblent à ceux d'aujourd'hui.

Du même auteur dans Bayard Poche :
*L'ogre qui avait peur des enfants - Un petit loup de plus - Les deux maisons de Petit Blaireau - Les trois sorcières - Un petit frère pas comme les autres - Éloïse et les loups - L'école des géants - Le petit roi qu'on entendait tousser - Un petit frère pour toujours - L'enfant des farfadets* (Les belles histoires)
*Le professeur Cerise - Les sept sorcières - Victor, l'enfant sauvage - La nuit de l'ange et du diable - Les treize chats de la sorcière* (J'aime lire)

**Frédéric Rébéna** est né en 1965 à Clermont (dans le département de l'Oise). Après des études à l'E.N.S.A.D., il se tourne vers la bande dessinée. Illustrateur, il travaille essentiellement pour la presse, l'édition et la publicité. Il réalise également des pochettes de disques. Ses albums sont publiés aux éditions Syros, Nathan, Casterman, Albin Michel, Hachette, Le Seuil, Actes Sud, Bayard Jeunesse et Tourbillon.

Du même illustrateur dans Bayard Poche :
*Caramilulu, la sorcière si pressée* (Les belles histoires)
*Le blouson déchiré - La dispute des sorcières - Sorts, stress et catastrophes* (J'aime lire)

# La nouvelle

Une histoire écrite par Marie-Hélène Delval
illustrée par Frédéric Rébéna

mes premiers
j'aime lire

BAYARD POCHE

# Chapitre 1
## Une drôle de fille

Ce soir-là, Simon rentre de l'école en criant :

– Tu sais quoi, mon chien ? Il y a une sorcière dans ma classe !

Titus aboie un petit coup, l'air de dire : « Une sorcière dans ta classe ? Ça, c'est inquiétant ! »

Simon va s'asseoir au fond du jardin, dans son coin secret, sous le noisetier. Il raconte à Titus :

– Une fille est arrivée dans ma classe. Elle vient d'un pays lointain, c'est la maîtresse qui l'a dit. Elle a de longs cheveux noirs, des yeux noirs, une petite pierre brillante sur une narine, et elle s'appelle Indira. Eh bien, cette Indira, moi, je te le dis, c'est une sorcière !

Titus remue la queue, l'air très intéressé, et Simon lui raconte ce qui s'est passé en classe :

– Toute la matinée, j'ai observé Indira. Et c'était vraiment bizarre, parce qu'elle est restée assise toute droite, sans lire, sans écrire, sans parler. Il n'y avait que sa tête qui bougeait un peu, et ses yeux. Ses yeux tellement noirs se posaient tour à tour sur chacun de nous. Moi, ça m'a donné le frisson.

Plus tard, à la cantine, il s'est passé une drôle de chose. Simon l'explique à Titus :

– Mme Gilberte apportait le plat de purée, et elle a glissé sur une feuille de salade. Elle est tombée sur le carrelage avec la purée. Tout le monde a éclaté de rire, sauf Indira. Elle regardait Mme Gilberte de son œil noir, et elle ne riait pas.

Simon continue :

– J'ai demandé tout bas à Julie : « Pourquoi elle regarde Mme Gilberte comme ça, Indira ? » Julie a haussé les épaules : « Comment ça, comme ça ? » Julie n'avait rien remarqué de bizarre. Moi, si !

# Chapitre 2

## Encore des trucs de sorcière

Simon raconte encore à son chien :

– L'après-midi, à l'heure de la peinture, Vincent a renversé trois pots en même temps, le noir, le vert et le violet. La maîtresse l'a grondé. Vincent a crié qu'il ne l'avait pas fait exprès. C'était son coude qui avait bougé tout seul.

Simon hausse les épaules :

– Un coude qui bouge tout seul, ça ne se peut pas ! Moi, j'ai bien vu qu'Indira fixait de son œil noir les enfants qui peignaient. J'ai même demandé à la maîtresse : « Pourquoi elle nous regarde comme ça, Indira ? » La maîtresse a répondu : « Elle est intimidée. Et puis, elle ne parle pas encore français. » La maîtresse non plus n'avait rien remarqué de bizarre. Moi, si !

Simon conclut :

– Tu vois, mon chien, ce sont des maléfices. Il y a une sorcière dans la classe, et c'est cette Indira avec sa pierre dans le nez !

Cette nuit-là, Simon voit Indira en rêve.

Elle vole dans la classe en agitant ses longues mains brunes comme si elle jetait des mauvais sorts. En se réveillant, Simon murmure entre ses dents :

– Toi, la sorcière, aujourd'hui, je vais te surveiller !

# Chapitre 3

## Des formules magiques

Le matin suivant, dans la classe, il ne se passe rien de bizarre. Simon se dit : « Hé, hé, la sorcière, tu te méfies ! »

Et puis, à la récréation, Vincent bouscule Mélanie. Mélanie se cogne dans le marronnier de la cour. Son nez se met à saigner.

Les enfants entourent Mélanie. Ils disent :
– Oh là là ! tu saignes ! Oh là là ! il faut aller chercher la maîtresse !

Mais personne ne fait rien.

Alors Indira s'approche. Elle pousse tout le monde. Elle sort un mouchoir de sa poche, elle l'appuie sous le nez de Mélanie et elle lui passe la main sur le front, doucement, en répétant des mots étranges et jolis comme une formule magique.

Et voilà, le nez de Mélanie ne saigne plus. Simon est très étonné. Et c'est la première fois qu'il entend la voix d'Indira. Il pense : « Évidemment, elle ne parle pas français, mais tout de même, c'était joli ce qu'elle disait. Les sorcières ne parlent pas comme ça. »

À la fin de la journée, la maîtresse annonce :

– Aujourd'hui, Indira nous a apporté un sitar. C'est un instrument de musique de son pays. Elle va en jouer, et nous allons l'écouter.

Les enfants filent s'asseoir en cercle au fond de la classe.

Mais Indira reste sur sa chaise, la tête basse.

Mélanie demande :

– Ben... qu'est-ce qu'elle a ?

La maîtresse dit :

– Elle a un peu le trac, ce n'est rien ! On va l'applaudir pour l'encourager.

Les enfants frappent dans leurs mains en criant :

– Indira ! Indira !

Alors, Indira prend l'instrument, elle vient s'asseoir au milieu du cercle, sans regarder personne. Puis elle pince les cordes avec ses longs doigts bruns.

Et voilà que tout le monde se tait, même Vincent qui, d'habitude, n'arrête pas de bavarder. Tout le monde écoute sans bouger, parce que, cette musique, c'est beau comme du vent, comme de la pluie, comme de la nuit.

Ce soir-là, Simon rentre à la maison en criant à Titus :

– Tu sais quoi, mon chien ? Dans ma classe, il y a une fée !

Titus remue la queue, l'air de dire : « Une fée dans ta classe ? Ça, c'est étonnant ! »

## Chapitre 4

# Bien mieux qu'une fée

Le lendemain, les élèves font des dessins pour décorer leur cahier de poésie. Soudain, Vincent prend le feutre bleu de Simon. Mais Simon en a besoin pour colorier sa rivière. Vincent ne veut pas le lui rendre. Simon se fâche. Ils commencent à se battre, tous les deux.

La maîtresse dit sévèrement :

– Tiens-toi un peu tranquille, Simon !

Simon est furieux. Il pense : « Ce n'est vraiment pas juste ! C'est Vincent qui a commencé ! »

Et voilà qu'Indira se lève, l'air grave. Elle s'approche. Elle pose son feutre bleu à elle sur la table de Simon.

Simon regarde Indira. Il se sent intimidé. Il dit tout bas :

– Merci.

Indira répond quelque chose dans sa drôle de langue. Simon n'a pas compris, mais c'est comme s'il avait compris.

Alors, ça le fait rire, et ça fait rire Indira aussi. C'est la première fois que Simon entend le rire d'Indira.

Simon prend son cahier et ses feutres, et il va s'asseoir à côté d'Indira. Ils se mettent à dessiner des tas d'animaux rigolos. Ils se les montrent en pouffant. À la fin, ils rigolent si fort que la maîtresse est obligée de se fâcher.

Ce soir-là, quand Simon rentre à la maison, il confie à Titus :

– Tu sais, mon chien, je vais inviter Indira à la maison. Et on lui montrera notre coin secret, sous le noisetier. Parce que, Indira, en vrai, ce n'est pas une sorcière, ce n'est pas une fée, mais c'est ma copine !

Et Titus aboie un petit coup, l'air de dire : « Ta copine ? Ça, c'est épatant ! »

# mes premiers j'aime lire

## La collection des premiers pas dans la lecture autonome

 **Se faire peur et frissonner de plaisir**  **Rire et sourire avec**

**des personnages insolites**  **Réfléchir et comprendre la vie de**

**tous les jours**  **Se lancer dans des aventures pleines de**

**rebondissements**  **Rêver et voyager dans des univers fabuleux**

# Un magazine pour découvrir le plaisir de lire seul, comme un grand !

Grâce aux différents niveaux de lecture proposés dans chacun de ses numéros, *Mes premiers J'aime lire* est vraiment adapté au rythme d'apprentissage de votre enfant.

**CHAQUE MOIS**
- une histoire courte
- un roman en chapitres avec sa cassette audio
- des jeux
- une BD d'humour.

Autant de façons de s'initier avec plaisir à la lecture autonome !

**Disponible tous les mois chez votre marchand de journaux ou par abonnement.**

# J'AIME LIRE

**Les premiers romans à dévorer tout seul**

 **Se faire peur et frissonner de plaisir**  **Rire et sourire avec**

**des personnages insolites**  **Réfléchir et comprendre la vie de**

**tous les jours**  **Se lancer dans des aventures pleines de**

**rebondissements**  **Rêver et voyager dans des univers fabuleux**

# Le drôle de magazine
# qui donne le goût de lire

- un roman inédit illustré
- des jeux pour s'amuser et être créatif
- la célèbre BD de Tom-Tom et Nana et bien d'autres surprises !

Le 1er magazine des 7-10 ans

**Disponible tous les mois chez votre marchand de journaux ou par abonnement.**

Achevé d'imprimer en janvier 2007 par Oberthur Graphique
35000 RENNES – N° Impression : 7423
Imprimé en France
ISBN : 9782747019576